SI TEL ORPHÉE..

histoire d'un émigré

Le présent ouvrage
composé en Garamond corps treize
sur papier Arcoprint
a été réalisé à l'instigation de la
PRÉSIDENCE DU CONSEIL RÉGIONAL
DE LA VALLÉE D'AOSTE
afin que perdure
un témoignage exemplaire
en hommage
aux Valdôtains émigrés et à leurs parents.

CONSEIL
DE LA VALLÉE
CONSIGLIO
REGIONALE
DELLA VALLE
D'AOSTA

Illustration de couverture de Franco Grobberio
(détail de «Marche nuptiale»)

ISBN: 978-88-87677-36-2

Pierre Lexert

Si tel Orphée...

HISTOIRE D'UN ÉMIGRÉ

(autobiopoème)

Nouvelle édition augmentée avec:
un avant-propos d'Alberto Cerise
la préface d'Alexis Bétemps
un addenda de Nadia Milliéry

TIPOGRAFIA DUC

Avant-propos

La destinée du Val d'Aoste, vu l'état actuel des choses, autrement dit sa capacité de résistance à l'amenuisement de son identité, aura beaucoup dépendu des mouvements migratoires. Et cela dans la double et antagonique signification de cet épithète. Lequel implique paradoxalement que les effets hémorragiques de l'émigration pourraient être compensés par le flux alienant de l'immigration.

Il fut un temps en effet où l'émigration était essentiellement saisonnière ou consécutive à divers fléaux. Le ramoneur, le journalier, le colporteur, ne s'en allaient que pour s'en revenir, nantis d'un petit pécule, afin de faire face aux débours en espèces que le troc ou l'échange de services ne permettait pas de couvrir.

Mais un moment vint où l'extrême précarité des conditions de vie, associée aux tracasseries puis aux brimades d'une politique trop centralisatrice, radicalisée en Vallée d'Aoste par le régime fasciste, incita la population à choisir l'exil plutôt que la migration saisonnière. Un exil d'autant plus dommageable pour le pays qu'il s'opérait aux dépens de ses forces vives, de son esprit d'entreprise et de sa pugnacité. Toutes vertus qui facilitèrent l'intégration des dits exilés à l'étranger et conspirèrent à les maintenir loin de la Doire, favorisant ainsi une occupation allogène de plus en plus prégnante, qui allait métamorphoser le substrat autochtone, et, en quelque sorte, le normaliser afin de le fondre dans le creuset italophone.

Une thèse – une vraie thèse de doctorat, exploratoire et minutieuse – reste à écrire, qui relaterait les divers aspects de cette diaspora des Valdôtains de par le monde, où ils se sont distingués, et parfois hautement, de multiples façons. C'est pourquoi nous avons estimé opportun de re-proposer ci-après à l'appui la relation singulière que l'un d'eux, Pierre Lexert, a faite de son parcours existentiel sous les espèces ludiques d'un « autobiopoème » intitulé Si tel Orphée... *Car l'édition originale de cette plaquette, publiée il y a vingt-six ans à l'instigation du Président du Gouvernement régional Mario Andrione, étant épuisée depuis longtemps, l'idée nous est venue de la réactualiser à l'intention des Valdôtains d'aujourd'hui, pour que perdure une leçon fertile en enseignements et exemplaire à plus d'un titre.*

C'est à Nadia Milliéry-Ognibene – auteure d'une mémoire universitaire concernant Pierre Lexert – que nous avons confié le soin de brosser un additif au curriculum vitæ de ce Valdôtain hors norme, non sans souhaiter qu'il puisse encore ajouter un nouveau chapitre à l'exposé de ses avatars.

ALBERTO CERISE
Président du Conseil de la Vallée

Préface

UNE HISTOIRE INSTRUCTIVE

L'histoire de la Vallée d'Aoste, au cours surtout des quatre premières décennies de ce siècle est, comme celle de l'Irlande ou de la Sicile, par exemple, inséparable du phénomène migratoire. Avec cette différence toutefois, que notre Vallée a cumulativement pâti, et du départ des siens, et de l'intrusion délibérée, massive et allogène des autres.

Il suffit de rappeler qu'en un tiers de siècle à peu près ce pays s'est ainsi trouvé privé du quart le plus actif et déterminé de sa population – en même temps que submergé par de successives vagues colonisantes – pour comprendre que cette émigration hémorragique a fini par constituer un Val d'Aoste Extérieur, précairement relié à la mère-patrie par d'intermittents rapports d'ordre essentiellement affectif.

Et paradoxalement, ce qui fit la force du Valdôtain déraciné: sa faculté d'adaptation, son don de sympathie, sa capacité de travail, s'est, par voie de conséquence, plutôt inscrit au débit du pays natal. Pourquoi? Evidemment parce que de telles vertus ont à ce point aidé à l'assimilation de ces migrants, contribué à leur réussite sociale, que la plupart ont finalement choisi de jeter leur ancre là où les conditions de vie leur avaient été propices,– en sorte que la Vallée, n'ayant bénéficié qu'exceptionnellement du produit de leur industrie et des compétences qu'ils avaient acquises, ne put compenser les effets de leur expatriation.

Mais il est indéniable que si cet état de choses a pu se cristalliser, *comme dirait Stendhal, et atteindre à des proportions dommageables, c'est au régime fasciste qu'en incomba la faute, et plus spécialement à la francophobie dont il fit envieusement preuve durant, hélas, un bien trop long temps pour qu'il n'en résultât pas d'irréparables ravages.*

Il est donc intéressant – instructif – que l'on ait quelqu'idée de ce qu'a pu être une « odyssée » d'émigré valdôtain,– surtout quand cet émigré, ainsi que nous l'allons voir, non seulement n'a pas rompu les ponts mais n'a pas hésité, nonobstant sa parfaite acclimatation au mode de vie parisien et la situation dont il jouissait, à contribuer par son exemple au renversement qui s'amorce du processus que nous déplorions.

Qui s'amorce disons-nous ; ce n'est pourtant pas qu'il nous paraisse, ce renversement, devoir revêtir l'importance que nous lui souhaiterions. D'abord parce que les émigrés proprement dits ont donné le jour à des générations moins motivées et totalement intégrées au pays-hôte (France, Amérique, Suisse, Belgique, Australie...), ensuite parce que les rapports gallo-valdôtains – qui nous importent au premier chef – nous semblent s'orienter vers des échanges de nature surtout touristique, plutôt que d'aller dans le sens de cette symbiose culturelle à la faveur de laquelle la francité *plus que la France, ethniquement parlant, jouerait un rôle capital.*

Il n'en est pas moins heureux que le courant passe à nouveau, maintenant que l'ostracisme romain se montre *moins coercitif,– même s'il emprunte d'autres voies pour se manifester, ces voies passives, ou inertes, que représentent assez bien les mille entraves ou tracasseries opposées à l'enseignement comme à la diffusion du français, ainsi qu'à l'application loyale du bilinguisme officiel et du statut d'autonomie.*

A ces considérations générales, avancées pour situer le texte qui va suivre et en légitimer la publication (après l'enregistrement qu'en a réalisé la RAI à l'intention de l'«Association valdôtaine des Archives sonores»*) nous ajouterons quelques observations particulières relatives à l'auteur et à son propos.*

Je ne ferai certes pas de Pierre Lexert, qui d'ailleurs jouit déjà d'une enviable réputation, une présentation qui ne serait que pléonastique puisqu'il va justement se charger de nous fournir lui-même ci-contre les éléments d'information qui le concernent. Je soulignerai simplement qu'auteur – notamment – d'un recueil de poèmes: «Cœur pérégrin»*, qui marque une date dans l'histoire de nos lettres, il figure à maints égards un type de valdôtain dont nous pouvons nous conforter.*

D'abord sut-il, pour affronter l'existence, successivement se muer en: courtier, portraitiste, employé, résistant, fonctionnaire, combattant volontaire, secrétaire de rédaction, reporter, chroniqueur judiciaire, exploitant de cinéma rural, laveur de vitres, métreur, frotteur de parquet, directeur de journal, épicier, pompiste, comptable, statisticien, expert en sondage d'opinion, chef d'entreprise, concepteur, négociant, décorateur, bibliophile et amateur d'art... Bel échantillon de carrière picaresque, hachée, mouvementée, mais d'autant plus formatrice que nullement tributaire de la notion de sot métier, en même temps que pied-de-nez aux cloisonnements d'un certain syndicalisme. Remarquons ensuite que:

- *émigré, il n'a jamais démérité de son pays d'origine, pour lequel il a pris des risques et payé plus d'une fois de sa personne;*
- *valdôtain, il s'est largement ouvert à la culture universelle, rare exemple chez nous de l'heureuse conjonction de nos valeurs intrinsèques et d'un cosmopolitisme humaniste (on trouvera d'ailleurs, balisant le corps de sa relation, de nombreuses traces de cet itinéraire mental);*
- *cultivé, il ne se confine pas stérilement dans une tour d'ivoire distante, mais se veut le compagnon contributif et volontiers zélateur que ses amis connaissent bien;*
- *écrivain, il a eu cette curieuse idée de tirer de son vécu, plutôt que la normale autobiographie qu'on lui avait suggérée, cette*

courte mais dense monographie en vers libérés, – où l'essentiel est exprimé avec, par endroits, une franchise non dénuée d'humour qui va bien au-delà du curriculum vitae *conventionnel, et bousculera peut-être l'excessive réserve de nos compatriotes ;*

– *poète avéré, fondé en prosodie, il n'a pu se défendre de laisser transparaître dans sa relation ce dandysme d'écriture et cette préciosité de ton qui lui sont propres. Qui s'en plaindrait ?*

Enfin, ami exigeant – voire un rien flatteur – il m'a demandé de signer cette préface... Eh bien, il est grand temps que je le fasse !

Alexis Bétemps

Pour *Céline, Vanessa et Lætitia,* – plus tard...

A ma fille, maintenant :
Un enfant,
C'est quelquefois insupportable,
Mais un père,
Il faut bien parfois le supporter.
Le tien ne fut pas de tout repos qui te dit,
Pastichant Racine,
Avec un sourire dans le regard et une
Profonde
Réciproque tendresse,

– *Ariane, mon cœur, de quel père dotée*
Vous vécûtes au fort de sa vie agitée...

EN GUISE DE PROLOGUE :

Métempsychose

Venu sur cette terre
Ou revenu peut-être
Oublieux de mes êtres
Et plein de leur mystère

Ne sachant qui je fus
Ni comment finirai
Je vais cherchant après
Des horizons perdus

De très anciens visages
Désertent ma mémoire
Mais j'ajoute une histoire
Mon propre personnage

A tous les inconnus
De qui j'aurai tenu

SI TEL ORPHÉE se languissant du désir d'Eurydice
J'allais soudain me retourner
Sur cette voie où mon sort continûment se joue, se tisse,
Ressentirais-je pas la déchirante envie de rebrousser chemin,
Et spectateur alors de ce que j'éprouvai,
Composant un exil de mes bonheurs d'un temps,
Ne risquerais-je pas d'en altérer ce qui me reste encore
De goût de vivre ?

… Mais dès lors que je n'ai, tel que je vais, rien oublié vraiment
D'essentiel de ce qui fit ce qu'aujourd'hui je suis
– Liesses, remords, acquis ; deuils, périls, plaisirs, tourments –
Et que le corps valide et l'esprit délié
Je me sais dévolu aux brusques changements,
A toujours espérer en quelqu'inattendu,
Je puis bien amplifier des échos assourdis,
Rehausser ça et là de rémanentes images un peu pâlies
Que le présent
Ni mon possible avenir ne sauraient jalouser dûment.

*
* *

J'ai connu l'inconfort de ces peuples des marches
Dont la langue et le cœur sont toujours menacés,
Les chants des émigrants, leurs angoisses, leurs arches,
– Ces zones,
Où nous nous réjouissions simplement de pouvoir
Travailler pour manger en attendant de voir…

Car si
Le six février mil neuf cent vingt trois
Je naquis par hasard à Paris c'est pétri
Du sang des gens du Pays d'Aoste,
D'où César Adrien Lexert, mon père,
Et Marie Joséphine Vercellin, ma mère,
Arrivaient l'un et l'autre.

originaire de Fénis

De Fénis étaient les Lexert,
Mais y avait aussi fait souche
Cette branche des Vercellin,
Issue d'un tronc enraciné dans la vallée du Lys
Depuis déjà le moyen-âge.
Et c'est donc à Fénis,
Chez ma grand'mère maternelle,
Née Geneviève Cerise,
– Femme d'Evariste Vercellin qui fut syndic de la commune –
Dans la sombre maison de Tillier marquée aux armes des Challant,
Desservie de la cave aux combles
Par la spirale en pierre de l'unique escalier,
Que j'ai passé ma prime enfance.
Jusqu'au jour où,
Pour commencer mes classes et retrouver mes géniteurs,
Je dus m'en retourner en France,
En ce Paris,
Où l'avenir pour moi s'offrait, s'ouvrait
Comme au sommet d'un col se déploie l'horizon…

petite enfance valdôtaine

Lequel Paris,
Plus qu'Aoste polluée par l'engeance fasciste,
Pour les nôtres devint la capitale vraie
Qui jamais ne me fit délaisser mon patois,
Ce cher ancien français que celui des Valois
N'avait pas lieu de déplanter.

... Paris,
Paris de mes beaux jours, Paris de mes destins,
– De toi j'ai su le cœur et les faubourgs lointains,
Les charmes, les blessures et les variables ciels...

émigré

Ta zone en ce temps-là fut plus gaie qu'on ne pense,
Qui s'étendait au nord, porte de Clignancourt;
Ses baraques précaires
Y semblaient inspirées d'un collage de Schwitters.
S'y abritait
La décente indigence de quelques Valdôtains
Que Piémontais et Bergamasques côtoyaient.
Je me souviens d'un coq fuyant vaillamment la casserole,-
[tête coupée...
C'était dimanche et nous chantions de vieux airs d'outre-monts.

Un peu plus tard je me suis retrouvé garnement rue Dampierre,
A la Villette, à côté du canal,
L'écluse étant voisine, qui m'imprégna de Simenon avant la lettre.
J'écumais les trottoirs,
Epouvantant un camarade par d'atroces histoires,
Juste avant d'habiter à la Plaine-Saint-Denis
Puis en ta terne rue de Paradis, ô gris,
Si gris Aubervilliers,
Où je fis provision de tant de nostalgies
Que ma vie un long temps en fut influencée.

écolier
rêveur

J'étais alors cet enfant qu'exaltait la lecture,
Dans «*Le Petit Illustré*» chaque semaine,
Des extrêmes-orientales aventures de la *Fiancée de Gengis-Khan*,
– La vierge, indiciblement blonde et lointaine princesse
Dont empêchaient la délivrance,
Depuis d'inexpugnables forteresses
Erigées aux fins fonds d'une farouche Mongolie,
Le Vieux de la Montagne et ses haschischins fanatiques.

Savais-je en quelque manière alors qu'entre mes bras plus tard
J'aurais tenu cette blondeur et joui de ses délices
Et que lorsqu'impubère j'écartais ses cuisses
(A peine un peu perversement défendues)
A telle fillette avec qui je jouais dans un recoin de cour,
J'y voulais respirer peut-être un faux-semblant
De l'inaccessible fragrance de Celle à qui je vouais mes lancinantes
[rêveries?

*
* *

J'ai bien été l'élève aussi, dans le quatrième arrondissement,
De l'école primaire de Saint-Merri
(Sacrifiée depuis à l'érection du Centre Pompidou)
Et fréquenté le patronage voisin où,
Pour rester auprès de mes amis,
J'allais égarer mon incrédulité congénitale
Et ma monumentale indifférence aux pompes des Eglises.

Ici je m'en revenais de la distribution des prix les bras chargés
(Content par-dessus tout du prix de camaraderie)
Rougissant de voir, admiratives et attendries,
Les prostituées de la rue Quincampoix venir me féliciter
Opulentes et bottées.

Je commençais dès ce moment à préparer sans y songer
Ma future entrée en Poésie,
– Grâce à l'*Anthologie des Poètes français contemporains*
Qu'édita Delagrave,
Reçue en prix spécial du Certificat d'Etudes
Pour une rédaction je crois sur les méfaits de l'alcoolisme.
J'y goûtais aussi bien Hérédia que Laforgue
Ou que le Géraldy des *Petites Ames*
Si proche d'Henri Bataille,
Et trouvais grand attrait
Aux autographes reproduits des poètes mentionnés.
... Surnagent encor dans ma mémoire quelques noms d'oubliés :
Léon Dierx, Ivan Gilkin, Stuart Merrill, Louis Bouilhet...

C'est vers ces années que ma mère un jour,
Depuis la porte cochère
(Et non « gauchère » comme Ariane enfant dira plus tard)
Me vit approcher de loin la rassurant par geste,
Le visage ravagé de stries sanglantes
Et le nez cassé,
Au retour d'une épreuve de cross mouvementée.

Des rats tenaient alors conciliabule au bout de la rue de Venise,
Près de la rue Saint-Martin,
Dans le cercle de lumière du réverbère sous lequel je passais quand,
Dans la nuit déserte,
Revenant d'une réunion tardive,
Je regagnais les tiédeurs ambiguës de l'étroite couche où se consu-
[mait mon insomnieuse puberté,
Songeant à cette fille vénale de la rue Saint-Denis,
Dont la jupe fendue m'avait révélé les longues jambes soyeuses.

lycéen

Devenu potache au Lycée Charlemagne,
Je m'y usais les coudes de la sixième à la seconde classe
Avec mes camarades juifs du quartier des Rosiers,
Qui seuls me disputaient la première place pour le français,
– Garguir, que j'ai revu ; Ackerman,
Dont j'ai peur de savoir ce qu'il est peut-être devenu…

Au cours de cette époque j'ai visité l'Alsace,
Et,
Depuis Ker Iliavrez d'où j'eus la chance un jour
De voir le Rayon vert[1] moirer la baie de Douarnenez,
J'ai découvert le Finistère,
Des monts d'Arrée
Jusqu'aux embruns des marées d'équinoxe à la Pointe du Raz.
J'ai su l'ennui d'un mois d'été à Martigny, en Suisse,
Le poids et le parfum du regain valdôtain sur mes épaules
[adolescentes,

escrimeur

Pris durablement goût à tirer en salle d'armes,
A fatiguer des livres, hanter des stades…

Je me revois vif et longiligne sur la piste,
Assuré de mes dons, de mon souffle, du souple
Elan de ma musculature,
Exultant en dedans de savoir que le train,
si soutenu soit-il ne saurait m'éprouver
Et qu'à peine sorti de ce dernier virage,
Pour la courbe duquel j'accuse un bref penchant,
Dans un sec démarrage
Je planterai derrière irrémédiablement

coureur
de
demi-fond

[1] D'après une croyance populaire, dont Jules Verne s'est inspiré dans l'un de ses romans, la vue du *Rayon vert* est un présage de vie heureuse. Ce rayon, d'un vert émeraude intense, est le dernier rayon que jette le soleil couchant sur la mer, en une fraction de seconde, juste avant de disparaître sous la ligne d'horizon.

Les autres,
Pour,
D'une élastique foulée aller rompre du torse,
Au terme abstrait de la dernière ligne droite,
Un fil !

Ainsi,
D'insolentes victoires flattèrent mon jeune orgueil ;
Cité par les journaux,
Promis à un glorieux avenir de fouleur de cendrée,
gymnaste et basketteur
Je recueillais cependant d'autres lauriers,
Aux agrès aussi bien qu'à la balle-au-panier.
De quoi s'ébaudissaient mes « compains » mauvaises têtes,
A cause des premières places qu'en classe
Je raflais aussi en me jouant aux forts en thème que le sport [effarouchait.

... Oui, la vie pour moi s'annonçait belle...

Mais la guerre approchait imbécile et cruelle,
– Et pourtant,

replié en Morman-die

Que cette année-là fut sympathique,
De rhétorique dans Alençon,
Quand délaissant tes leçons, Lanson [2],
Pour des surprises-parties épiques,
Nous étions tous amoureux au fond
Du professeur de mathématiques.

[2] *Lanson :* auteur d'un manuel de littérature française alors très répandu parmi les élèves du secondaire.

Deux amis acolytes, soit Guy
Ballossier, Antoine Peretti,
Me tenaient compagnie, ainsi que :

Fred Astaire et Charles Trenet,
Gide et le Charles d'Orléans ;
Morand, Montaigne, Alain-Fournier ;
Pierre Benoit, Villon et Poe,
« Pauvre Lélian », Arthur Rimbaud ;
D'Aurévilly, Balzac, Dumas,
Arsène Lupin et FANTÔMAS…

Mais Dumas fut le responsable
Des assauts à l'épée auxquels
Sous les combles nous nous livrâmes,
Avec tant de fougue, de flamme,
Que la suspension s'effondra
Des hôtes qui nous hébergeaient.

*
* *

sur la route de l'exode

Trois bicylistes dans la débâcle
Vont d'Alençon à Montauban.
– Ne tombez pas aux mains des Allemands,
C'est sûr qu'ils vous couperaient les vôtres,
Disaient, disaient les gens…

Déjà,
Nous étaient coupés les vivres,
Car nous étions à court d'argent.
(Je songe à ce triste poulet,
Sacrifié à notre fringale,

Qu'à cause de son corps étique
Nous baptisâmes Spinoza).

S'il survint plus d'un incident
Avant que, l'armistice conclu,
Nous eussions rejoint nos parents et Paris,
Le plus doux nous surprit à Culan,
Paisible bourg du Cher non loin de Montluçon.

Hâves et démunis nous y avions fait halte
Au déclin d'un après-midi.
Le grand curé tonitruant
(Vous mangerez ! Vous mangerez ! mes enfants...)
Finit enfin, quêtant pour nous chez l'habitant,
Pour nous trouver où souper et dormir
Dans une ancienne et patricienne demeure.
Vivait là,
oasis Auprès d'un vieux couple effacé,
Une belle et lente jeune femme tout juste enceinte d'un mari aux
[armées.

Or, nappe blanche
Ni porcelaine étincelante entre couverts de vieil argent,
Ni les mets délicatement accommodés,
Ne nous ont autant fascinés
– pour gueux errants que nous étions alors –
Que le songeur sourire éclairant les égards discrets de l'épouse
[esseulée.

Toilette faite et mine rajustée
– propos polis, façons courtoises –
Nous dinâmes comme on communie,

Contemplant la Divinité,
Appréhendant qu'il se fît tard
Et que nous dussions en prendre congé.

Inéluctable congé qui fit
Que tour à tour nous la suivîmes
Vers la couche par elle à chacun dévolue,
– Tous scrupules en nous abolis
Tant nous brûlions de la *connaître*,
La souhaitant assez pécheresse pour se prêter à nos caresses
Et consentir,
Des écarts de nos corps,
A licencier l'immaculée fraîcheur des draps...

Ah ! L'ai-je vraiment vécue
Cette nuit qui ne fut qu'un rêve halluciné ?
Derrière, ô Barbey[3], des rideaux dont je n'ai su
S'ils étaient aussi cramoisis...

*
* *

l'occupation allemande

Et puis vinrent les noires années,
Comme une parenthèse qui s'ouvrait.
(Mais nous ne savions pas que la vraie parenthèse
Ç'avait été l'entre-deux-guerres qui s'achevait ;
Son traité de Versailles inepte,
Dada, le jazz, les surréalités,
L'Art nouveau et les années folles,

[3] Il s'agit bien entendu, de l'écrivain romantique Barbey d'Aurévilly, auteur du célèbre recueil de nouvelles «*Les Diaboliques*», dont la première a pour titre «*Le Rideau cramoisi*».

L'Art moderne et son delta d'*ismes* ;
L'aéropostale,
Les ballets russes et l'Orient-express ;
Le Bauhaus et la nrf ;
Et les vues bornées de l'Angleterre...
– Toutes fleurs qui le cédaient soudain aux mûrs fruits léthifères
D'une vaine victoire périmée).

La faim était latente et vivace l'espoir ;
Et j'avais pour ami Antoine Peretti.
(O Antoine ! qui peu après t'es noyé si tragiquement,
navrante mort d'un ami
– Voulant rejoindre cette jeune fille que tu courtisais –
Dans les eaux félonnes de la Sarthe, dont les herbes
N'ont plus rendu qu'un corps dérisoire échoué
En place de la grâce racée et de la neuve joie d'aimer
Dont se paraient tes dix-huit ans.
« Au secours ! A moi ! » criais-tu,
Cependant que tes amis
Rassemblés à l'écart de la berge,
Riaient,
Croyant à une nouvelle facétie de ta part...)

Mais il fallait avant tout survivre,
Nous tenir à l'affût des chances et des devoirs
Dans l'imminence pressentie d'une tumultueuse aventure.

étudiant
Il y eut d'abord les études à reprendre,
Mes mises à la porte (temporaires)
Du Lycée puis de la Faculté,
Pour désinvolture dans le comportement ;
Et parallèlement,
Mes divers expédients pour obvier au manque d'argent :

portraitiste — Je brossais des portraits de maris ou de fils prisonniers ou soldats
Pour des gens du quartier où nous logions,
Entre la Bastille et la gare de Lyon ;
courtier — Me livrais au commerce matériel – autant que passionné – [des livres ;
Et finis par occuper mon premier emploi
Dans le service des réclamations de l'*Ecole Universelle*,
Quelques mois avant de rallier la Résistance,
Via Bourriot-Bergonce,
Evitant in-extremis l'*in-pace* de Moissac[4],
Pour m'évader ensuite à la nuit tombante,
refractaire et partisan — Sur la plate-forme d'un camion de la Wehrmacht,
D'un faux maquis landais[5] opérant pour l'Organisation Todt…

Oh, – ce repas ! Jacques Kohlmann, que tu m'offris à Labouheyre,
Où je parvins affamé t'y sachant simulant,
Dissimulé,
Un laborieux intérêt pour les grumes[6]…
Après quoi,
Ce fut la remontée clandestine en zone occupée,
Mon retour dénoncé,
La Milice obstinée et fouineuse,
Mes logements passagers et mes délogements subits,
– Enfin, Paris enfin se libérant !...

[4] Une femme de chambre jalouse, pour se venger de l'un d'eux, livra les clandestins en transit aux Allemands le lendemain de mon départ de Moissac vers les Landes. *Impasse; In-pace*. (Note de l'auteur.)

[5] Curieusement, cette affaire de faux maquis landais coûta la vie à un grand patriote chargé d'enquêter à leur sujet, et dont la veuve, Madame Bonnier, se trouva être la Directrice ensuite du magazine «*La Femme*» qui m'employa comme secrétaire de rédaction. (Note de l'auteur.)

[6] *Grume :* pièce de bois couverte de son écorce et non encore équarrie. Dans l'exploitation forestière de Labouheyre, Jacques Kohlmann se soustrayait au service du travail obligatoire en Allemagne, tout en évitant le camp d'extermination.

Pour *Ardents* que nous fussions
(C'était là le nom pompeux du réseau qui nous encadrait)
Nous n'en menions pas large, Guy Molko, rue des Archives,
Quand rageurs, un matin, les Allemands nous fouillèrent ;
Par miracle,
Aux camarades de garde, la veille,
Nous avions laissé nos révolvers.

fonctionnaire

Fortuitement engagé ensuite,
Rédacteur de troisième classe,
Au service de presse du Ministère de l'Information,
Je m'y liai avec Simone Cavaillès dont le frère,
Héros de la Résistance,
Eminent expert en logique des mathématiques,
Avait été exécuté par les nazis.

Mais avant que ne basculât la dure et dispendieuse fortune
[des armes
Je m'étais fait de sûrs complices :
Paul Valéry,
Saint-John Perse et Jean Paulhan ;
Stendhal, Nerval et Mallarmé ;
Chrétien de Troyes et Christine de Pisan,
Scève, Rabelais et Louise Labé ;
Et Brantôme et Paul de Gondi ;
Sorel, Laclos, Benjamin Constant ;
Oscar Wilde et Larbaud ;
Toulet, Radiguet, Supervielle,
– Apollinaire…
Tout en nouant,

« Ah ! les oaristys »…

De plus secrètes alliances :
Avec Fabienne, qui me fut tant chère et douloureuse,
Puis Jacqueline, aussi gentiment gauche que joliment tournée,

Bilitis, aux yeux et aux seins également admirables,
Et Abèle,
Si savamment aguichante et charnelle…

*
* *

O mes galants désirs !
combattant volontaire Je vous ai sacrifiés à la guerre à mon tour…
Et c'est moi cet éclaireur-skieur isolé glissant,
Fusil mitrailleur en bandoulière,
Devant Lanslebourg immolé sous la neige
Dans la clarté lunaire d'une nuit d'hiver
Et s'arrêtant soudain, frappé
Par la beauté glacée des choses…
Ou bien dans la Vallée du Ribon, retenant
Son souffle à cet instant où se déclenche l'avalanche ;
Ou procédant en rond dans un brouillard crépusculaire
Sur le glacier de Rochemelon,
Avant de déferler battre l'estrade en Val de Suse,
Harcelant des partis résiduels de Germains,
Pour entrer en vainqueur jusqu'au cœur de Turin.

Turin,
D'où nos « alliés » nous enjoindront d'aussitôt déguerpir,
Redoutant
Que l'accueil chaleureux fait par les Piémontais
Aux seuls soldats français
N'entravât leurs mercantiles desseins.
(Même il me fut interdit par le cynisme anglo-saxon,
Allié objectif des fascistes ulcérés
Autant que favorable aux maquis italiens noyautant le Val d'Aoste,
De me rendre à Fénis y embrasser les miens).

Depuis les conférences de droit de la rue Saint-Guillaume,
Siège de l'Ecole alors libre des Sciences politiques
Que ne nous sommes-nous André, André Musset,
Déjà revus alors !
Moi, l'éclaireur-skieur qui dévalais des hauts,
Toi, le parachuté qui remontais du bas
De la botte italienne…

Mais cependant j'avais connu :
La splendeur des aubes au-dessus des trois mille ;
Les crèmes fouettées de madame Bison dans son étable de Bessans ;
Les retours de factions nocturnes
(Dieu ! qu'intense en Maurienne fut le froid de cet hiver-là) ;
Des amitiés déconcertantes, ô Simon
(Etions-nous si mercenaires
Que la perspective d'une ration K nous fît nous porter volontaires !)
– Et Lionel Terray, César, Michel de Lanurien,
Pelloux, Perrin
(A qui l'Indochine depuis valut une croix de trop) ;
Enfin,
Pour le plus grand allant de notre bataillon *Belledonne*,
Que le capitaine Stéphane emmenait tambour battant
(Mais dont le nom faisait l'Italien s'esclaffer :
fleur au fusil
– Belle donne ! Ehi,– questi francesi…)
Les mots chanteurs de notre campagne d'Italie :
Monpantero, Casalette, Alpignano, Rivoli…

C'est alors et pour quelques fringantes semaines que je fus
Ce « ragazzo al bel sorriso », comme on m'appela vers Avigliana,
Qui défila,
Dans les rues pavoisées de Venaria Reale,
Sur l'auto-patrouilleuse avec Angelina.
La paix signée

(Pour moi dans un vertige de vermouth et de valses)
Peu tenté d'ajouter aux occupants de l'Autriche,
Démobilisé avec le grade de sergent-chef,
Je regagnai Paris, ses hasards et ses leurres.

*
* *

... M'y voici donc,
Arpentant de nouveau l'asphalte familier,
Tout juste réchappé des Sciences politiques,
secrétaire de rédaction — Intermittent pilier des lieux de rédaction,
Pactisant avec protes et linotypistes,
Ensemble partageant *caractères* et *corps*
Et l'encre originelle qui fait le verbe chair;
Justifiant aussi ma ligne d'horizon
Et mettant *au carré*, Procuste, sur le *marbre*,
Des *plombs*[7] hebdomadaires au titre de *La Femme*,
Un magazine dont le sort
Tenait un peu parfois à mes improvisations.

Bientôt je m'en irai, reporter parisien,
D'un professeur Heuyer à des Josette Day,
reporter — Ou envoyé spécial d'un quotidien du soir,

[7] *Caractères, corps, justification, «au carré», marbre, plombs:* termes du vocabulaire typographique désignant respectivement
- les lettres servant à la composition du texte,
- leur dimension,
- une longueur de ligne imprimée,
- l'équerrage d'une impression, obtenu par adjonction, suppression ou modification de copie,
- le plan de travail,
- la matière même des caractères, soit, par extension, la masse d'une composition.

Pris et gardé à vue par de secrets services
En compagnie de trois confrères,
Entraîner de ce fait l'émeute en *Salassie :*
Ma francophone Vallée d'Aoste.
C'était le vingt-six mars de l'année quarante-six :
Jour de triomphe et de hutin,
Chars capturés ; nous au pavois ; le peuple aux anges ;
Dirigeants atterrés, gouverneur molesté,
Espoirs qui flambent...

Les Valdôtains en ces ans-là
N'étaient pas asservis aux factions politiques
Et leur dignité ne s'accommodait guère
Des perfides menées de leur oppresseur séculaire.
Ah !
Que n'ont-ils mieux suivi Chanoux qu'on leur tua,
– Depuis lors ce martyr pour effets oratoires
Que leurs actes démentent...
Mais ce n'est pas ici l'objet de mon histoire.

Auprès d'Emmanuel et Merry Bromberger,
Je me disperserai dans des salles d'audience,
Chroniqueur judiciaire avec Armand Gatti
(Prochain prix Albert Londres et futur dramaturge)
chroniqueur judiciaire
Dans ce palais, dit de justice,
Où le sens m'apparut que donnaient à ce mot
Tous ceux-là qui vivaient de feindre de la rendre
Ou d'en faire à autrui captieusement rendre compte.

De quoi je m'éloignai pour n'être plus complice.

Il y avait eu entre temps
Ta *Traque du Père*, Gatti, que tu nous lus un soir

Vers la Bastille, chez Boulez, dont j'ignorais
L'insigne musicien qu'il allait devenir ;
Et la présence mentale parmi nous
De Kafka, Michaux, Jarry, Schwob, Artaud ;
Jacques Rastier et Rex Warner ;
Sade, Restif,
Pirandello…

retours de flammes

Et je revoyais Fabienne encore ;
Et j'avais rencontré dans un train
(Un journaliste jamais n'abolira le hasard)
Soudainement apparue,
Nimbée d'un or léger contre la vitre du couloir,
Telle à mes yeux que la captive un temps rêvée
Ravie par sortilège aux gens de Gengis-Khan,
Françoise O,
Là vêtue avec un goût raffiné,
Mais qui m'allait bientôt dans son alcôve,
Adorablement dévêtue,
Ordonner chevalier cavalier de sa grâce…

Mais encore et surtout,
C'est durant cette époque que je revis Rina
– Séverine de Belley à ses heures –
Camarade oubliée de l'école d'Aubervilliers,
Toute fraîche arrivée de son Vervian[8] natal,
Pour aider à l'affranchissement du Val d'Aoste.

militant

Nous nous accordâmes sans tarder sous la complice égide
De ce *Comité d'Action* qu'animèrent aussi
(Outre l'Abbé Petigat,

[8] Petit village de la commune de Saint-Marcel.

Avant que sa hiérarchie ne le contraignît
A s'en désolidariser)
Baptiste Perrin, Fidèle Charrère et Eugène Meynet,
René Bésenval, Joseph Chenal et Anselme Vuyet,
– En liaison avec Albert Milloz et Marie Nouchy,
Vincent Trèves et Jean Frassy,
Qui brûlaient leurs vaisseaux
Tandis que d'autres composaient
Ou se cantonnaient dans une prudente expectative
Opportuniste.

Et pourquoi ne pas dire que cette époque pour nous
Fut également celle d'une jeunesse irrépressible ?
Celle, Fidèle, de notre équipée à Waterloo,
Où nous rejoignîmes notre ami wallon Charles Plisnier
Sans rien savoir de l'incoercible hilarité qui allait marquer notre
[étape de retour ;
Celle, Linette, des pitreries de ton Auréjac de Lucien,
De mon épopée-farce à la gloire d'Eugène
Pour son anniversaire,
Des sens interdits intervertis,
Des plantes vertes déplacées nuitamment d'une terrasse à l'autre ;
Le temps de nos parodies de notables discoureurs…

épris
et pris

O Rina ! Toi dont j'allais parvenir à faire ma compagne
A tes risques et quelques périls,
Pour le meilleur de toi et le pire, parfois, de moi.

*
* *

Dois-je aux fées versatiles qui présidèrent à ma naissance
Le disparate d'une existence à tout le moins déconcertante ?
La boule de cristal eût pu me révéler ceci :

exploitant de cinéma rural

Avec Guy Ballossier je conduis en Bretagne,
Dans les Côtes-du-Nord,
Une supertraction décapotable et Rosengart
Qui transporte tant bien que mal tout notre avoir.
(Au mitan d'une côte elle heurte une vache,
Mais la carrosserie est seule à en souffrir;
Au plus bas de la côte: où est la batterie?
Le garage avait dû la conserver en gage...)
... Ainsi nous allions projetant des images
Sur des écrans municipaux
Pour un rare public qui n'affluait que quand
On programmait *Benhur*, *Le Retour de Zorro*
Ou *Les Deux Orphelines*.

Matériel remisé, la lande dans la nuit était froide parfois,
Mais moins que les banales chambres balisant
– Mur-de-Bretagne, Corlay, Saint-Nicolas-du-Pelem –
Notre morne circuit.

laveur de carreaux

Cet homme qui gravite au plein d'une façade,
Suspendu dans le vide et caressant des vitres,
Leur veut-il dérober son reflet, ou des titres
A se sentir après plus libre, se sachant
Apte à faire de tout contre male fortune?

frotteur de parquets

N'était-ce pas d'ailleurs le même, peu après
– Narcisse poursuivant une mouvante image –
Qui se mirait, l'ayant soigneusement lustré,
Dans le poli des parquets replanis?

métreur

... Entre temps devenu cet arpenteur en chambre
Commis à corriger les surfaces habitées,
Tout bien considéré des aîtres recensés
Ou suivant que s'ouvraient les croisées sur l'azur,

La rue, des frondaisons, ou les murs de prison
D'un quotidien d'arrière-cour…

Or ici le voici qui décide et commande
Directeur imprévu du *Journal de Biarritz.*

directeur de journal

Il y rédigera de frivoles échos ;
Rencontrera, ès qualités, Cécile Sorel,
D'Arcangues, le marquis, Vallombreuse, le comte ;
Les de l'Espée, Lazareff ; le tout-Cocteau ;
Ou bien encor, selon la nuit et le moment
Une inconnue désespérément triste et belle
Dont Praxitèle
Eût rêvé de modeler la gorge et tuer l'amant ;
Kiki Moustic,
Contralto chavirant sous travesti du « Carrousel » ;
Tilda Thamar enfin,
Doucement emportée sur un air lent de danse,
Quelques mesures avant que n'apparaisse
Famélique et spectral,
Surgi des profondeurs de « La Nuit maudite » [9],
A peine effleurant de sa barge les eaux du lac de la négresse,
Nosfératu le Vampire
« Avec sa face craquelée et ses oreilles pointues ».

Le même homme toujours,
Approchera de virevoltants mannequins de chez Fath ;
Se rapprochera d'une lectrice Alice

[9] *« La Nuit maudite »* : clou du premier festival du film maudit, qui avait eu lieu à Biarritz au cours de cette Saison. Une évocation de Nosfératu fut organisée pour les invités du bal costumé.

(A son tour parcourue sur un lit gémissant de magasin d'antiquité
Après la fermeture un soir);
Siègera dans des jurys de concours d'élégance,
Mais assujettira,
S'aidant d'épingles de sûreté,
Secondé par Berthe Malanjoye de Savoye,
Un pantalon trop court de smoking de secours,
Peu avant de s'en retourner,
Au déclin de la Saison,
Vers les tendres magies du Paris automnal.

Il y rapportera,
Avec une escarcelle demeurée légère,
Ces souvenirs demeurés vivaces
Et ceux encor que lui laissèrent
Sa première incursion en Espagne,
Le Pays Basque et la chistéra,
De sanguinolentes corridas,
Le caviar de l'Hôtel du Palais,
Les lames de fond sournoises de l'Atlantique
Et les dames sans fond dont jase, sybaritique,
Une âpre société tout occupée de son écume.

*
* *

Pierre étant, à tant rouler depuis quinze ans
Je n'avais guère amassé mousse.
Me voilà donc au seuil de la maturité,
Fort seulement de mes apprentissages,
Dérivant où le vent me pousse.

C'est ainsi, au seuil des années cinquante que :

père

– Père heureux,
Je prénommai Ariane une frimousse à croquer que Rina mit au [monde ;

épicier forain

– Sans emploi j'ai,
Pareil à maints patriciens vénitiens,
Fait négoce d'épices, mais du côté d'Enghien ;

pompiste

– Verseau,
J'abreuvais des Pégases-vapeur en l'avenue de Versailles
D'une essence d'orient aux vapeurs volatiles ;

comptable

– Comptable,
M'étant défait de livres auxquels je tenais fort,
J'en vins à *balancer* ceux qu'on me fit tenir.

Mais déjà s'amorçaient mes nouveaux avatars.

*
* *

Sondages !
Dix ans durant vous forâtes la substance de mes jours.

Me convièrent à cette tâche :
Marcel Bleustein et Maurice Penin, à *Publicis*,
Avec le concours
De l'*Institut français d'Opinion publique*,
Qu'animait le professeur Stoetzel,
Officiant de sociologie en Sorbonne,
Assisté d'Hélène Riffault,
Si diligemment avenante et sagace.
Dès ce moment j'enfourchai,
Maniant probabilités et psychanalyse en guise de rênes,

expert en études de marchés et sondages d'opinion

Les rationnelles et ratiocinantes méthodologies de l'investigation
Statistique et qualitative
En matière de marchés et de comportement.

(Que pesants sont ces mots au sein de l'écriture !)

Je rencontrais ce faisant
Hommes publics, gens d'affaires et représentatifs échantillons
D'un peuple invariable et divers,
Nombre aussi de ces responsables qui s'agitaient sous le couvert
Ou derrière les façades
Des grandes entreprises visibles ou invisibles du moment,
– Parties prenantes, éminences grises, séides et cadres supérieurs
(Si supérieurement cadres souvent, avec tout ce vide dedans…)

Et je conspirais amicalement,
Dans les creux de mes interventions,
Au gré des sympathies innées ou des affinités,
Avec quelques-uns des astéroïdes là gravitant
– Pierre Grimblat, Jean Laurent, Slavik, Pierre Dumayet –
Appréciant d'y pouvoir aussi goûter la compagnie
De Siné, Sternberg, Chaval, André François,
Ou me concertant avec ces familiers que me furent
Jean-Jacques Raffel, Jacques Bensimon, Louise Monéat,
Jean-Baptiste Jeener et Guillaume Franck.

Et c'était dans le même temps rue Barrault,
Ouvert sur le lilas et les roses, autour d'un bassin,
L'atelier plein de charme où j'habitais avec Rina et notre Ariane.
C'était encore
La France innombrable que j'auscultais en tous lieux
Les congrès,
– D'Ostende, Constance, Biarritz, Cortina, Zurich
(Où je m'entretins avec l'étonnant Duttweiler, fondateur de la
[« *Migros* »

Et puis,
Toute la vie effervescente de Paris,

Ronde kaléïdoscopique d'amitiés, connivences, liaisons, passades,
Vernissages, premières, dîners, coquetèles...
Où, entre un gala et le cinéma de minuit,
la vie parisienne
Le *Crasy Horse Saloon* et un souper d'huîtres,
Une leçon de sabre et un cours du Tendre,
Les trouvailles de chacun et les retrouvailles chez *Castel*,
Une séance de claquette et un rapport d'enquête,
S'entrecroisaient, s'effaçaient, se superposaient
Visages aimés, silhouettes fugaces, célébrités, – chefs-d'œuvre...

Entre autres :
Simon Hantaï, César,
Maya et Sigismond Kolos-Vary,
Max Ernst, Szénès et Viera da Silva ;
Les miracles de Klee, la magie de Turner ;
Et Delvaux, Bellmer, Steinberg, Man Ray, Magritte, Calder,
Fuchs ;
Duchamp l'aigu, le brillant Picabia,
Le Corbusier dans ses propos désenchantés,
plaisirs des arts
Et Bissière et Bissier.
Ce fut encor la moelleuse splendeur des ryas [10] finlandais,
L'affection de Nadine et Josef Sima
(Sima ! l'incomparable piégeur de lumière,
Qui composa,
Pour la vieille église Saint-Jacques à Reims,
Les plus beaux vitraux que j'aie vus au monde) ;
Et puis,
De pétillants repas avec Alex Vialatte

[10] *Ryas :* tapis de haute laine et d'ancienne tradition dont les artistes finlandais contemporains ont admirablement renouvelé motifs et coloris.

– Le «notoirement méconnu» –
Ecrivain et convive également savoureux;
La *Biennale de Venise* et la *Triennale de Milan*;
Les films d'art et d'essai que passait *La Pagode*,
Le *Studio 28* ou *Les Ursulines*;
Brecht, Kurt Weil, et leur *Opéra d'quat 'Sous*;
Les chansons de Prévert et Kosma,
Hara Kiri et Cavanna;
De miroitante harmonies de Webern,
Les récitals de Léo Ferré, Montand, Mouloudji,
Catherine Sauvage,
Cora Vaucaire et Monique Morelli;
L'*Echelle de Jacob* et *L'Ecluse*[11];
Boris Vian, Queneau, et le Collège de Pataphysique,
– Ma bibliothèque enfin se reconstituant.

J'y accueillais avec prédilection
– En plus de ceux qu'elle abritait déjà –
bibliophilie
Potocki, Ségalen, Buzzati, Caillois, – Borgès
(Toi qui rêvas d'écrire un poème des noms!)
Yourcenar, Prokosch, Norge, Undset, Masters
(Que ton «*Amateur de poèmes*», Jean Prévost, nous révéla);
Jean de Sponde et le Prince de Ligne;
Joyce, Walter Scott et Chesterton;
Savinio, Svevo et Stevenson;
Le Giono d'Angelo – *Le Hussard sur le Toit* –
Et Jacques (Cécil-Saint) Laurent, mon hussard favori,
Comme aussi,
Arthur Schnitzler,

[11] *«L'Echelle de Jacob», «L'Ecluse»*: fameux cafés-cabarets, bien connus des initiés, où se sont produits avant d'accéder à la notoriété, la plupart des meilleurs diseurs et chanteurs français d'après-guerre.

Bio Casarès, Meyrinck, Ewers, Rosny ;
Sturgeon et son «*Cristal qui songe*»,
L'Asimov de «*Fondation*», le korsybskien Van Vogt ;
Et le roman noir et la série blême...

– Tandis que,
Assidu des *Ateliers éducatifs du Claireau*, à Chevreuse,
Créés et dirigés par Annie et René Dieleman,
menuisier amateur
J'y obtenais mes premiers grades en menuiserie,
Y affirmais mon goût de la facture manuelle,
Et retrouvais là les Székély, Philolaos, Borderie,
– Sculpteurs et haut licier –
Marc et André (les comédiens-tenanciers de *L'Ecluse*)
Philippe Avron et Jacques Douai...

*
* *

Satiété,– que voulais-tu ?
Que je reprisse mes errances ?
Ou qu'une vie différente me laissât plus de latitude
Pour cultiver de latentes velléités de faire ?

Président Dircteur général
Je créai une affaire,
y associant étroitement les matières
Et leur maîtrise entre les mains industrieuses de l'homme ;
Dès lors passant des marchés, déposant des brevets, dressant des [bilans ;
concepteur
Annonçant, exposant, éditant... – et puis quoi ?
Mes jours s'éparpillaient en tâches mercantiles, en comptes fasti- [dieux ;
Règlements, revendications, poursuites de créances,
Taxes multiformes,
Eurent enfin raison après treize ans de ma longanimité.

J'en cédai les fruits,
A Claude Lecomte, qui m'avait excellemment secondé, d'une part ;
Pour le reste,
Quelques personnages véreux indûment y glanèrent.
Le chroniqueur judiciaire que j'avais été
N'attendait guère de la Justice
Et ne fut pas détrompé,– au contraire.
L'immanente est plus sûre, ou la Némésis…
Que le rideau tombe !

N'empêche que ma vie fut toujours et demeure
Passionnante et pressante.

J'ai sillonné la France en tous temps et tous sens,
Vagabondé en Italie,
Visité l'Helvétie, la Hollande
Et quadrillé New-York ;
Fait en Royaume-Uni différentes incursions,
Parcouru le Maroc, l'Ibérie,
Fui la Flandre teutonne et conclu alliance
Avec la francophone Wallonie ;
corps pérégrin
Circulé en Allemagne, et traversé l'Autriche ;
Rôdé en Bohème, en Moravie,
Gravi les flancs des Tatras,
Séjourné au Québec, en Acadie,
Trompé Paris pour quelques villes :
Venise, Milan, Londres, Prague…
Et tout oublié des jours durant en explorant
L'inoubliable Islande…

(Jean Serres, Emma, Michel Cachoux,
– Ah ! quand reverrons-nous

Si loin de nos Paris,
Contre le cercle arctique,
Tomas, Tomas Olrich,
Sa ferme, ses chevaux, aux bords d'Akureyri ?)

*
* *

Peu d'ans après, tu t'es mariée, Ariane,
Un jour du haut d'avril '71,
Avec René Luigi,
Thésée corse en instance de thèse,– à présent thérapeute
(Dont tu conçus plus tard ce cadeau d'anniversaire qui enchanta ta [mère,
Le 8 janvier '77, quand vint Céline au monde
Précédant Vanessa de près de trois années
Et Lætitia de six).

Ce fut lors du même avril, la veille,
Avec Louise Monéat, Yves Bery, Pierre Digan et Janet Stedman,
Que nous avions ouvert,
Au 133 de la rue Saint-Denis, aux Halles,
décorateur | Cette boutique *Axe* dont trois ans nous jouâmes
Et dont les vernissages furent les plus courus d'alentour.

Sur tout cela se brochèrent :
Mes plongées dans les affabulations d'Hodgson,
Du Dick d'*Ubik* et de Thomas Pynchon ;
La progressive approche, Rolf Ibach, de ton œuvre singulière
collectionneur | Et clandestine encore ;
L'insolite climat et la fascinante facture de tes toiles,
Michel Henricot,
Des encres de Roland Cat, des gravures de Mohlitz, des paysages [de Theimer ;

Des fantasmes aussi dont Holley Chirot hallucina le cuivre
Et (t'en souviens-tu Ariane ?)
Nos soirées dans les premiers cafés-théâtres...

Cafés qui ne vont pas sans me faire penser
A vous qui demeurez près de «*La Vieille Grille*» [12]
Et qu'à savoir penchés sur le Moi de tant d'autres
J'appréhendais parfois, Yves et Carmen Colsy [13],
Que vous ne vous prissiez un peu au jeu de l'Autre ;
Tout comme je n'oublie les soirées qu'à Paris
Puis entre les hauts murs de son manoir de Pron,
Nous passâmes auprès de Gérard Oberlé
(Qui m'était devenu libraire d'élection)
Cultivant nos penchants pour les fines reliures,
Le roman populaire et ses illustrateurs :
Chifflart, Doré, Johannot, Granville et
– Des Riou, Lix, Bérard,
A Eustache Lorsay et autres Yan d'Argent –
L'admirable leçon de maints de ces Grandsire.

Penchants qui firent
Gabriel Ferry, Frédéric Soulié, Edouard Corbière,
Venir se joindre à mes Eugène Sue
Aux côtés des Féval, Darien et Zévaco,
Gustave Lerouge, Gaston Leroux et Gaboriau.

Enfin, comment dire, ô Lise,
Ce que me fut la trop tardive découverte
Des grands textes de Marcel Thiry, ton père

[12] «*La Vieille Grille*» *:* l'un des premiers et plus réputés cafés-théâtres.

[13] Couple de psychosomaticiens ; Carmen Colsy est née Chenuil de parents Valdôtains.

Et le plaisir que j'eus à ceux de Lucienne Desnoues et de Mélot du Dy ?
Toutes choses
Que Norge me signala,
Tandis que Denise Perrier, sa femme,
Consentait à nous céder,
Par elle peinte au terme d'une buzzatienne rêverie,
La crépusculaire forteresse du *Désert des Tartares*...

*
* *

Et j'en arrive au point où mon récit s'achève,
l'après-hier Et déjà j'en entends le MAINTENANT qui sonne...

Maintenant que rendu en mon pays d'enfance
Pour de plus fructueux et durables séjours,
J'y reprends des desseins que j'avais écartés,
Y noue de nouveaux liens qui me deviennent chers,
Et manœuvrant la faux, la plume ou la scie tour à tour,
Tentant d'aider ma gent à se remémorer
Ce qu'elle fut, peut encore être, et ce français
Dont des siècles durant son âme s'est nourrie,
– Je m'y repose un peu quelquefois du soupçon
De cette lassitude, ô Bergman, qu'exprimait,
Taciturne et rêveur, retour de ses croisades,
Le maigre chevalier de ton *Septième sceau*...

ADDENDA
ou le second volet

Le dernier vers de l'autobiopoème qui précède était censé sceller une biographie d'un demi-siècle dont l'auteur ne pensait pas à l'époque qu'elle allait encore s'étoffer assez pour donner lieu à une suite équivalente. Mais le sort en a disposé autrement et, de fil en aiguille, lui a ménagé après ses caracolantes années françaises, une seconde et tout aussi caracolante existence valdôtaine qui l'a conduit à faire flèche de son déjà riche acquis et des potentialités auxquelles les circonstances lui permirent de donner corps.

oOo

C'est ainsi que d'abord inséré au sein du milieu culturel régional sur l'initiative d'Alexis Bétemps – qui excella ensuite aux rênes de l'Association des Archives sonores et du Centre d'Etudes francoprovençales – Pierre Lexert fut appelé par Joseph Perrin – Président de l'Union Valdôtaine avant de devenir Assesseur à l'Agriculture – à la direction de l'Institut valdôtain de la Culture (IVAC), fort de l'amitié et du soutien sans faille de Maria-Ida Viglino, alors Assesseur à l'Instruction publique.

Dès ce moment la nouvelle vie de notre sujet prit un tour imprévu. Car il n'avait pas imaginé en revenant s'établir en Vallée d'Aoste, à Saint-Marcel, pour y tenir le domaine de Tobie Blanc – son beau-père, diminué par une thrombose – qu'au lieu de jouer le « gentleman farmer » éclairé, il allait devoir parallèlement repartir par monts et par vaux et, en quelque sorte, se changer en Frégoli pour faire face à toute une cascade d'obligations et de responsabilités disparates. Qu'on en juge :

D'une part, sa femme et lui exploitant eux-mêmes les terres – un complexe de prés, vergers, champs, vignes, potagers et bois – ils avaient obtenu le statut de « cultivateurs directs ». C'est dire que leurs tâches

– irriguer, planter, semer, émonder, fumer, faucher, engranger, cueillir, vendanger, vinifier… – étaient déjà nombreuses et parfois pressantes, sans compter le temps que Pierre Lexert consacrait à menuiser pour achever l'aménagement de la maison de Vurvian,- qu'il s'agît d'escaliers, de placards, de mobilier ou de parements. Rare exemple chez nous d'intellectuel apte aux travaux manuels et conscient du bon sens et de la « culture » qu'ils impliquent. Au moins les soirées et les dimanches étaient-ils réservés à la détente, ainsi que quelques escapades en Savoie et en Suisse, à Milan, Venise, Turin ou Paris.

D'autre part, la Direction de l'IVAC, compte tenu de l'orientation qu'entendait lui imprimer Pierre Lexert, non seulement allait exiger que celui-ci en multipliât les initiatives et en assumât les prestations, mais aussi qu'il accrût considérablement ces dernières dès l'instant où il entreprit, avec l'accord de Maria-Ida Viglino, de créer *Les Cahiers du Ru*. Soit une publication de culture générale et de langue française, prudemment annoncée « intermittente » au départ, conçue dans l'esprit d'un « cabinet d'amateur » humaniste et dans une double optique :

1) Fournir aux Valdôtains défrancisés et culturellement déphasés du fait de l'oppression fasciste, des modèles d'écriture de bon aloi tout en élargissant leur horizon ;
2) offrir de la Vallée d'Aoste dans l'espace francophone une image attachante et plurielle en s'assurant la coopération d'écrivains de qualité, voire réputés, à même de faire valoir et se propager les livraisons de la revue. Et le fait est que la formule originale autant qu'éclectique de ces « Cahiers » leur a bientôt forgé une assez enviable réputation pour que les auteurs francophones en vinssent à solliciter la faveur – considérée comme une référence – de figurer à leur sommaire.

Réputation croissante au fil des 48 numéros parus entre 1982 et 2007, au point qu'on a pu dire des *Cahiers du Ru* qu'ils constituaient « la plus plaisante des revues sérieuses et la plus sérieuse des revues d'agrément », et même estimer, avec Jacques Charpentreau – Directeur de la Maison de Poésie de Paris et auteur entre autres d'un exceptionnel *Dictionnaire de la poésie française* – qu'elle était l'une des meilleures du monde ! Ce qui venait à l'appui de cette confidence de Jean-Claude Carrière – écrivain et scénariste notoire – avouant : « C'est peut-être même, j'y songe tout à coup, la seule revue que je lise vraiment ».

Oui mais… tout cela n'a évidemment pas été obtenu sans sacrifice de la part du couple Lexert-Blanc. D'abord parce que les déplacements répétés de celui-là l'ont rendu moins disponible pour la tenue de la campagne – alourdissant ainsi la charge de Séverine, sa femme, qui pourtant s'adapta méritoirement à cette nouvelle donne – ; ensuite parce que notre auteur comprit vite qu'il ne pourrait guère, comme il en avait eu l'intention, constituer un Comité de rédaction en mesure de le seconder dans la réalisation et la promotion des *Cahiers du Ru*,- l'esprit de ceux-ci étant trop novateur en Vallée d'Aoste et inadaptées pour l'exprimer, sinon occasionnellement, les compétences indigènes. De sorte qu'il lui fallut bon gré mal gré faire aller seul la galère alors qu'il s'attendait à piloter une frégate…

Car les profanes se représentent mal tout ce que la réalisation d'une revue requiert de soins et de ressources, dès lors qu'elle ambitionne de rivaliser avec les pavillons des grandes compagnies. Et c'est pour tenir cette gageure que le passé de Pierre Lexert vint à la rescousse. En effet :

Le **dessinateur** qu'il avait été quand, étudiant, il exécutait des portraits au pastel, puis quand, **graphiste**, il composait des couvertures de disques, était capable de concevoir des illustrations en cas de besoin ; cependant qu'**amateur d'art**, **collectionneur et bibliophile** devenu, il pouvait aussi s'en procurer avec discernement en s'ingéniant à passer, autant que possible, au travers des mailles du copyright. Ex-**journaliste** tous terrains, familier de sa machine à écrire portative, il était apte à saisir les textes manuscrits en vue de l'impression ; apte aussi à traiter de n'importe quel sujet, cependant qu'écrivain exigeant, épris de sa langue, il n'avait pas à chercher loin pour la correction des épreuves. En outre, ex-**secrétaire de rédaction** de la *Femme*, ex-**Directeur de l'imprimerie & du** *Journal de Biarritz*, il se mouvait à l'aise parmi les chausse-trappes de la typographie et de la mise en page. Enfin, ses connaissances en matière de **belles-lettres**, de **sciences politiques**, **so-**

ciologie pratique, **esthétique industrielle**, d'**activités manuelles**, de **publicité & relations publiques** ; sa fréquentation des milieux artistiques et l'entregent inhérent à ses fonctions, lui permirent de fournir de la substance à l'articulation des sommaires, d'assurer la lecture critique des textes, le suivi épistolaire et la répartition des exemplaires.

Hélas, il ignorait en s'engageant dans cette voie, devoir pâtir de l'inopérant système de diffusion italien, conjugué avec un manque de structures de promotion, éditoriales ou institutionnelles, comme on en trouve au sein d'autres francophonies européennes telles que la québecquoise, l'helvétique, et surtout la wallonne, remarquablement active.

Il reste que la réalisation des *Cahiers du Ru* fut pour Pierre Lexert l'occasion de nouer des rapports chaleureux avec des grammairiens réputés (Joseph Hanse, Marc Wilmet) et de grands écrivains (Gaëtan Brulotte, Roberto Costa, Nicolas Bouvier, Louis Calaferte, Gaston Compère, _ celui-ci lui ayant même préfacé l'édition définitive de *Cœur pérégrin*) ; d'exercer son sens et son indépendance critiques en publiant des auteurs de premier ordre mais non ou peu médiatisés (tels Jacques Rastier, Jean-Claude Forêt, Marcel La Haye, Carla Fratta, Elisabeth Schneiter, Monique Castaignède, Sylvie Huguet, Alain Lambert, Viviane Fava, Jacques Charpentreau, Bernard Lorraine, Georges Saint-Clair, Mélot du Dy...) ; en réhabilitant ou en faisant valoir des écrivains dont l'excellence était injustement oubliée ou méconnue (comme Pius Servien, Lucienne Desnoues, Marcel Thiry, J.M. Levey, Paul Géraldy, Madeleine Ley, André Beucler) – tout en appelant l'attention sur des artistes d'une exceptionnelle singularité, qu'il s'agît de Michel Henricot, Holley Chirot, Christian Renonciat, Jean-Claude Biraben, Pierre Etaix, Joseph Sima, Chicco Margaroli, Philibert-Charrin, Angélique, Frank Miyet, Philolaos ou Ina Statescu.

Si l'on précise encore que, soucieux d'équilibrer dans ses *Cahiers du Ru* les apports extérieurs et la contribution autochtone, Pierre Lexert a pris sur lui de combler les lacunes ou les manques de celle-ci en mettant la main à la pâte chaque fois que nécessaire, on ne s'étonnera pas qu'il en soit arrivé, empiétant sur son sommeil et ses loisirs, à rédiger la quasi-totalité de la copie indigène, ou anonymement, ou en signant de divers pseudonymes: Walter Egoz (astucieusement dérivé d'*alter ego*), Piher Uqbar ou Pierre Hucquebart, Simon de Loses, Antoine Richemont, Perrot de Staxa, Long Wu, Martin de Besaces, Alec Serth, Evariste Allaxète et, bien sûr, Sir Rhose. Ce Sir Rhose humoriste, issu de son imagination au cours d'un voyage en Hollande et dont les saillies l'imposèrent si bien qu'on crut à son existence au point d'inviter son inventeur à en aller faire la présentation à Montréal.

Or si ces «Cahiers» étaient déjà une émanation capitale de l'IVAC, beaucoup s'en fallait pour que, responsable de cette institution, Pierre Lexert se contentât d'en poursuivre la réalisation, quelque absorbante qu'elle fut. Aussi entreprit-il dans le même temps – stupéfiant sexagénaire ! – de se manifester sur d'autres fronts. Ces fronts qui, humanisant la cérébralité du seul écrit, favorisent la convivialité culturelle autour d'un thème, d'un personnage, d'une idée ou d'un événement.

Se succédèrent alors pour le Directeur de l'IVAC, une kyrielle d'initiatives et d'interventions qui l'on amené tour à tour à:

1) Mettre sur pied à Aoste, Paris, Trieste, Annecy, Saint-Vincent... des expositions d'artistes de classe internationale, connus ou méconnus; expositions soit individuelles, avec Dino Buzzati, Holley Chirot, Xavier de Maistre, Brancusi, Roberto Costa, Franco Balan, Maurizio Casale, Marco Jaccond, Roberto Priod, Luciano Finessi, Flavien Casale et Franco Garin,- soit collectives autour des «Collections privées valdôtaines», des «Liens du destin», d'une «Trilogie terrestre», des «Irréguliers du langage» et du «Patchwork» contemporain; cela indépendamment de son soutien aux «exhibitions» internationales de La Salle placées par Balan sous le binôme du graphisme et de l'humour.

2) Editer, en sus des *Cahiers du Ru*, les ouvrages suivants:
   - de Jean-Pierre Martin: *Description lexicale du français parlé en Vallée d'Aoste*, Musumeci 1984;
   - de Mélot du Dy: *Rimes des rhétoriqueurs*, édition originale, Musumeci 1987;

- de Jean-Claude Forêt: *La Conversion momentanée*, Musumeci 1998;
- de Viviane Fava: *Œuvre poétique 1979/2000*, Duc 2008.

3) Organiser des soirées de spectacles ou de découvertes: avec le chanteur Jacques Cassyan; Alain Miniot et Colin Guimaud sur Alain Fournier; P. Fulacher sur «Le Papier et les moulins à papier»; Françoise Ulrich et Dominique Courtadon lors d'un «Café-théâtre»; des causeries sur Jean Giono, Tchékov, Guillaume Apollinaire, les «Relations publiques» ainsi que sur le soulèvement du 26 mars 1946 contre les dispositions dérisoires du premier Statut d'Autonomie concédé au Val d'Aoste en 1945.
4) Accorder des interviews à la RAI, Radio-France International, Radio-Mt-Blanc, Radio Martigny, La TV Suisse romande, Radio Courtoisie, TV St-Vincent, l'AVAS, et au *Dauphiné Libéré*,- d'une part, et, d'autre part, concevoir une série d'émissions radiophoniques (*Promenades franco-valdôtaines*) ou conduire des reportages télévisés pour la RAI à Bruxelles, Paris et en Alsace.
5) Publier dans de nombreux périodiques: *Union Valdôtaine*, *Le Flambeau, Le Messager valdôtain, Le Peuple valdôtain,* en Vallée d'Aoste; *Qui Vive International, Novecento, Lettres et cultures de langue française, Présence francophone, Les Cahiers du Rhin, Relief, Rimbaud Revue, Le Coin de table, CO* (lettre confidentielle) en France; *la Revue de l'Institut de Sociologie, la Revue de la Société belge des professeurs de français, Textyles, Archipel,* en Belgique; *Papyrus, Le libre penseur, les Cahiers Burnat-Provins,* en Suisse; *Francofonia, La Deriva delle francofonie,* et *Ponts* en Italie; *La Revue francophone de Louisiane* aux Etats-Unis et *Zaliv,* en Slovénie.
6) Coopérer, en tant que consultant, conseiller scientifique, chargé de cours ou conférencier avec plusieurs universités: à Bologne, Bari, Grenoble, Fribourg, Paris, Lyon, Trieste, Ferrare, Laval-Québec, Milan, Oradea (en Roumanie), Lisbonne, Turin, Vérone...
7) Procéder à des recherches, des traductions, des supervisions de textes, ou faire fonction de membre ou président de jury; assurer

des consultations et des examens de thèses ou de mémoires,- dont quatre lui ont été consacrés :

- par Noela Brunetta : *La poesia di Pierre Lexert*, Trieste 1993 ;
- par Séverine Zwicky : *Les Identités de Pierre Lexert*, Fribourg 1996 ;
- par Daniela Pozzoli : *Pierre Lexert, Directeur des Cahiers du Ru*, Milan 1996 ;
- par Nadia Milliéry-Ognibene : Pierre Lexert, *un Pérégrin singulier,* Turin 2000.

8) Nouer des rapports avec les organismes et institutions œuvrant en faveur du français, comme : Le Haut Commissariat à la Langue française, La Communauté française de Belgique, Le Conseil International de la Langue française (CILF), l'Association française d'Accueil et de Liaison (AFAL), la Fédération nationale des Ecrivains de Langue française (FNELF), le Triangle de l'Amitié, l'Association européenne de l'Ethnie française, le P.E.N.Club, les « Sommets francophones », le Conseil International d'Etudes francophones (CIEF), le Centre européen de Recherches sur les Civilisations et les Littératures d'Expression française (CERCLEF),- et le Secrétariat d'Etat à la Francophonie, dont le Ministre, Alain Decaux, reçut Pierre Lexert pour un long entretien privé.

9) Constituer – grâce aux envois du Gouvernement régional et, surtout, aux dons du Département belge de la Promotion des Lettres – un important fonds d'ouvrages en langue française, qui fut ensuite réparti entre la Bibliothèque régionale, celle de l'Université du Val d'Aoste, des bibliothèques communales, des enseignants intéressés et des notabilités.

10) Présenter des communications, faire des exposés ou prononcer des allocutions, suivant le cas :

- à la Biennale de la Langue française (de Tours, et de Lausanne/ Aoste) ;
- devant le « Grand Liège », sur Marcel Thiry ;
- au Club de la Grammaire, à Genève ;

- aux congrès annuels de la FNELF, à Paris, Rouen, Montbard, Beaune, Nohant, Château-Gontier, Mâcon, Valognes, Penne d'Agenais, Mortagne-sur-Perche, Honfleur, Aoste et Fécamp ;
- au Séminaire des professeurs italiens de français, à Turin ;
- au Lycée linguistique de Courmayeur et à L'IPR de Saint-Vincent ;
- aux congrès du CIEF à Montréal, la Nouvelle-Orléans et la Martinique ;
- lors du 3e Ralliement des Aînés francophones, à Reims ;
- aux Etats Généraux des Ecrivains francophones, à Paris ;
- Lors de la Table ronde du CERCLEF à Créteil, puis de son congrès à Bruxelles & Liège ;
- Aux universités de Turin, Bologne et Bari sur les littératures valdôtaines ;
- aux colloques de Trieste sur les Identités culturelles, l'Intégration culturelle en Europe, et sur le rôle culturel des Minorités ;
- Au Club Richelieu, à Bruxelles ;
- lors de la table ronde de l'Université de Turin en 2000 ;
- au Salon des Régions du Livre à Aoste ;
- à la soirée promotionnelle des *Cahiers du Ru* dans la Maison des Ecrivains, à Paris ;
- au congrès de *L'Année Francophone Internationale*, à la Cité Universitaire puis à la Sorbonne, à Paris ;
- à l'opération «Entrez dans la Légende» de la Mairie de Paris, avec la classe de 5e C du Lycée classique d'Aoste, qui se verra primée ;
- aux Salons du Livre de Bordeaux et d'Oradea ;
- au colloque Italie-Francophonies, à Paris ;
- au colloque des Villes francophones de Congrès, à Bruxelles ; au Lyceum Club de Lausanne ;
- au Luxembourg belge, à Marche-en-Famenne, lors des Rencontres sur la littérature fantastique ;

- au colloque de l'Université de Vérone sur la Francophonie ;
- à l'Université de Ferrare sur Don Juan ;
- au séminaire de Littérature francophone de l'Université Laval à Québec ;
- lors de la Table ronde de Genève sur les Minorité francophones ;

11) Participer, en tant que délégué, co-organisateur, exposant, animateur ou auditeur :
    - aux congrès de l'AFAL à Paris, ainsi qu'à ceux de la Società universitaria per gli Studi di Lingua e Letteratura francese à Saint-Vincent ;
    - aux colloques sur l'Edition française, à Paris ; le Dialogue des Cultures, à Genève ; les Publications agronomiques, à Montpellier ; les Législations linguistiques, à Bruxelles ; la Gastronomie valdôtaine, à Genève ; la Poésie internationale, à Liège ; la Co-édition & la Diffusion dans l'Espace francophone, à Paris ; l'Apport des Ecrivains belges à la Littérature symboliste, à Bagni di Lucca ; Jacques Cartier, à l'Université de Lyon ; l'Ecrivain & le Livre, à Paris ; Dino Buzzati, à Venise, Belluno et Milan ;
    - au séminaire sur la Littérature francophone, à Naples ;
    - à quelques congrès de l'AJPLF ;
    - au congrès de la Bourse & de la Chambre de Commerce de Paris à Bologne ;
    - aux Sommets francophones de Paris, Montréal, Dakar, l'Ile Maurice ;
    - à la Conférence des Communautés ethniques de Langue française ;
    - aux Rencontres poétiques internationales de Bretagne, à Saint-Malo ;
    - aux « Midis de la Poésie », à Bruxelles ;
    - aux Salons du Livre de Passy, Grenoble et Sallanches ;
    - aux Salons de la Revue, à Paris ;
    - au Festival de la Nouvelle, à Saint-Quentin ;

- au congrès du CIEF à Strasbourg;
- au Jury du concours «Jeunes auteurs»;
- à la célébration de Farinet, à Saillon, dans le Valais suisse;
- aux Rencontres franco-italiennes du Mont-Cenis;
- aux Etats Généraux de la Culture valdôtaine, à Aoste;
- à la présentation à Turin d'une édition sur grand papier du *Voyage autour de ma chambre* de Xavier de Maistre, illustrée par son homonyme et collatéral descendant;
- Au Festival du Film francophone, à Namur.

oOo

Qui ne conviendrait, au vu de cet impressionnant bilan – qui encore ne tient nul compte des missions particulières, des phases préparatoires, des avis gracieux, du traitement des hôtes de passage: écrivains, artistes, professeurs, notabilités (dont ses amis les Ambassadeurs de France Bernard Dorin, Jacques Andreani, Christian Daziano ou l'Ambassadeur d'Islande Tomas Olrich) – que Pierre Lexert, eu égard aussi à son engagement militaire et à son bénévolat culturel d'un quart de siècle en faveur du Val d'Aoste, a plus que mérité une marque d'attention particulière de la part des siens? D'autant que les institutions étrangères n'ont pas attendu pour nous damer le pion, en lui attribuant, et sans qu'il les ait sollicités, les distinctions et prix suivants:

- l'insigne d'Officier dans l'Ordre français du Mérite National;
- l'insigne d'Officier dans l'Ordre des Palmes Académiques;
- le «Jasmin d'Argent» de la Poésie francophone, 1992;
- le Grand Prix de l'Académie Française du Rayonnement de la Langue et de la Littérature en 1996;
- le Prix Barbey d'Aurevilly, le Prix Enea Balmas et le Prix spécial du Festival d'Oradea pour ses nouvelles;
- le prix de la Francophonie 2000 décerné par la FNELF;
- le Prix du Texte imagé pour sa *Petite ménagerie ambulante.*

Palmarès d'autant plus éloquent que pratiquement dû au seul bouche-à-oreille, à partir d'un petit pays – pour «grandiose» que le qualifie notre poète – obstinément fermé à toute politique de promotion littéraire et coincé entre une aire francophone oublieuse et la lourde botte italienne. Il n'empêche: Pierre Lexert n'en a pas moins trouvé le temps, entre temps, de signer la ci-devant autobiographie en vers, sept recueils de poèmes, une quarantaine de nouvelles, quelques pastiches, des traductions, et la valeur de deux denses volumes de chroniques,- sans compter la matière, destinée à l'édition, d'un recueil des *Egarements de Sir Rhose*, d'une huitième livraison de poème, d'une quatrième suite de nouvelles et de mémoires anthumes en voie d'achèvement. Tous ouvrages qui seraient les bienvenus dans notre Région Autonome où les écrivains de langue française tendent à se raréfier, au dam de notre culture ancestrale et de notre patrimoine linguistique.

Enfin pourquoi ce titre: *Si tel Orphée...* ? Parce qu'Orphée, aède légendaire, rappelons-le, s'était rendu dans les Enfers mythologiques pour tenter d'en ramener Eurydice, son épouse bien-aimée. Hadès y consentit à la condition qu'Orphée ne se retournât pas sur elle avant d'être ressorti. Mais il n'y put tenir et dut en faire son deuil. On comprendra qu'Eurydice est ici une métaphore de la Jeunesse, des années révolues, sur lesquelles on peut revenir mais qu'on ne peut faire revenir.

On me pardonnera le prosaïsme de ce compte-rendu après la lyrique autobiographie qui précède; mais je m'en suis tenue aux instructions de Pierre Lexert: «Ne pas romancer et faire bref». Car il y aurait effectivement là matière à roman si l'on disposait du temps et du talent voulus pour ressusciter le contexte de ce second parcours.

Au moins redonnons-nous la parole à notre écrivain pour en terminer, avec ce facétieux.

Autoportrait à la «plume-doigt»

Je mène régulièrement une existence décousue, préférant :
les classiques du jazz aux aliénés de la sono,
le brouet du jour à la panacée marxiste,
les beautés de la rime aux ratés de la frime,
les maisons closes aux maisons de la culture,
une Gauche adroite à une Droite gauche (et vice versa),
le frac au froc,
la drague à la drogue,
la règle laïque aux professions de Foi,
le civisme au cynisme,
les belles lettres aux bellâtres,
la balle au panier au fou de balle,
une collation à la décollation
et la jouissance à la gloire !

NADIA MILLIÉRY-OGNIBENE

Iconographie

Commune de Fenis

Certificat de bonne conduite

Le soussigné Syndic, déclare et certifie que le nommé Lexert Ondrien, feu Pierre, né et domicilié dans cette commune, est un homme de très-bonne conduite, aimé et estimé de toute cette population, n'ayant jamais donné lieu à aucune bagnance ni reproche sur son compte, en vérité il est un garçon d'une conduite irreprochable en toute manière, et ainsi digne de présent certificat

En foi Fenis le 16 Septemb 1910

COMUNE DI FENIS (AOSTA)

Le Syndic

Merellin

En haut: Les parents de l'auteur; *en dessous*: Pierre Lexert à vingt, trente-trois et soixante ans. / *Ci-contre*: certificat autographe de bonne conduite délivré à son père par son grand-père Evariste Vercellin, Syndic de Fénis.

Rina et Pierre Lexert à Paris en 1949, aux côtés de l'Abbé Petigat, aumônier des Valdôtains émigrés. / Avec Mlle M.I. Viglino, Assesseure à l'Instruction publique lors de l'exposition Holley Chirot à Aoste en 1983. / L'auteur sur le balcon de la maison de Saint-Marcel vers la même époque.

De haut en bas et de gauche à droite: Avec le graveur Xavier de Maistre au Palais des Etats en 1985. / Lors de l'exposition Maurizio Casale à Aoste en 1987. / Avec le Président Auguste Rollandin au Sommet de Québec en 1987 ; et à la Martinique, hors congrès, en 1990.

Avec sa femme et le sculpteur Philolaos à Paris lors de l'exposition « Trilogie terrestre » en 1991. / Chez le Consul Général de France Christian Daziano à Turin en 1993.

Sur le stand des revues *Les Cahiers du Ru* et *Oasis* lors du Salon de la Revue à Paris. / Durant le colloque de la SUSLLF à Saint-Vincent en 1993. / A Trieste, devant le jury, après la soutenance de thèse de Noela Brunetta sur *La poésie de Pierre Lexert* en 1994.

A Québec, lors d'un colloque, avec les professeurs Françoise de Labsade et Arpad Wigh en 1996. / Photographié par Jacques Belat, en Suisse. / En conversation avec le réputé essayiste Jean-François Revel, qui vient de lui remettre le Prix Enea Balmas à Saint-Vincent en 1997.

Avec sa fille Ariane, examinant la villa qu'elle allait habiter à Poissy, près de Paris. / Remise publique, au siège de l'Alliance Française d'Aoste, du Grand Prix de l'Académie Française à Pierre Lexert par Jean-Bernard Mérimée, Ambassadeur de France à Rome.

Avec Nadia Milliéry venant de soutenir sa thèse : *Pierre Lexert, un pérégrin singulier*,- en compagnie de la mère adoptive de celle-ci, Stefania Ognibene, et du professeur Paola Mossetto, à Turin en 2001. / *En bas* : La maison de Saint-Marcel où l'auteur à vécu depuis 1974.

TABLE DES MATIÈRES

Achevé d'imprimer
le mois de juillet 2009
sur les presses de
TIPOGRAFIA DUC
Saint-Christophe